AF406752

BAJO LA SUPERFICIE DE LAS APARIENCIAS

J. F. Rhodehouse

BAJO LA SUPERFICIE DE LAS APARIENCIAS

Cuando el mal nos acecha

EDITORIAL
Letra Minúscula

A Montse, mi fuente de apoyo y por su
paciencia conmigo.

A Gloria, mi madre, por ayudarme en la
publicación de este libro.

A nuestro gato Tai, por su compañía en las
horas nocturnas de escritura.

Atención:

Este libro no está recomendado para
menores de 16 años.

Índice

PRÓLOGO DEL AUTOR

Durante muchos años, la idea de publicar un libro había rondado en mi cabeza de forma recurrente, como un sueño aplazado. *Bajo la Superficie de las Apariencias: Cuando el Mal nos Acecha* es una novela corta situada entre los géneros de misterio y de fantasía urbana contemporánea.

Esta noveleta representa no solo mi primera incursión en la narrativa de ficción, alejándome de otros escritos de corte más divulgativo que he escrito, sino también la culminación de esa ilusión por escribir un libro.

La publicación de un libro es una laboriosa empresa que demanda tiempo y recursos. Desde la escritura inicial y sus correcciones, hasta la maquetación y el diseño gráfico, cada etapa ha sido un paso hacia el logro de un sueño largamente esperado.

Tu decisión de descubrir este relato, es un voto de confianza que valoro mucho. Si después de leer las siguientes páginas encuentras en ellas una buena experiencia, te invito a compartir tu opinión a través de una reseña en Amazon o en otros sitios.

Tus palabras no solo serán un aliento para mí, sino también un impulso para la creación de futuras historias, tal vez más ambiciosas. Nadie nace enseñado, y el arte de escribir es un largo camino de aprendizaje continuo.

Espero sinceramente que disfrutes de la historia que estás a punto de comenzar.

J. F. Rhodehouse

El mal es una ilusión, una sombra de la realidad.

Sabiduría celta

CAPÍTULO 1

EL "BUDA NARANJA"

El piso era un lienzo en blanco, un futuro listo para ser pintado por las manos de George y Montana. Desde la tranquilidad de su balcón hasta la amplia terraza que prometía momentos de relax y diversión, cada rincón parecía esconder historias esperando ser descubiertas. No solo les prometía una nueva vida, sino un lugar donde sus sueños encontrarían forma y sus secretos, su refugio. Sin embargo, había una figura que observaba en las sombras, una presencia que desafiaba la privacidad que tanto anhelaban.

Después de meses de búsqueda, finalmente habían encontrado el piso ideal: un dúplex ubicado en un tranquilo barrio residencial. Estaba situado en la tercera planta y disponía de un balcón en la planta inferior, así como una amplia terraza en la planta superior. Ambos espacios tenían una orientación privilegiada hacia el sur y ofrecían bonitas vistas de los patios traseros de los edificios del vecindario. Desde la terraza, se podía disfrutar de una impresionante panorámica de los campos de cereales y de las montañas con sus bosques de pinos. Pinceladas de colores verdes y amarillos bajo un lienzo azul celeste.

El lugar resultaba perfecto para su precioso gato de pelaje de color naranja, llamado con acierto, Sunny. Que rápidamente se había aclimatado a su nuevo hogar. En particular, le encantaba la parte de arriba del dúplex, donde podía calentarse con la luz del sol a través de los cristales de la ventana balconera y salir a la terraza, aventurándose a recorrer los tejados colindantes con curiosidad felina.

Pero justo en la parte trasera de un bloque de pisos más bien antiguo, al otro lado de los patios interiores de la isla de edificios, a unos treinta metros, vivía un hombre de unos sesenta y pocos, de baja estatura, cara redonda, sin apenas cabello y bastante entrado en carnes. Llevaba unas diminutas gafas redondas que acentuaban su mirada penetrante. Siempre vestía con una camiseta de manga corta de color naranja, como si su vestuario se limitara a esa única prenda, o como si tuviera una colección entera de camisetas del mismo color. Con cierta sorna, Montana no tardo en bautizarlo como el "Buda naranja".

Aquel enigmático vecino, salía a fumar de vez en cuando a su terraza, y en esos momentos, podían ver mejor cómo sus ojos oscuros tras aquellas gafas se posaban descaradamente en su piso, atravesando sin pudor los cristales de la ventana balconera que daba a su balcón. Desde su privilegiada posición, podía observar su acogedor comedor y la elegante escalera de madera y acero que se alzaba desde allí hacia la parte superior del dúplex. El resto del piso permanecía oculto a aquella mirada curiosa y desafiante a la vez. Aunque también podía ver a la pareja si se aproximaban al límite sur de su terraza.

Mientras disfrutaban de una cena en la terraza en una calurosa noche de verano, la guirnalda de bombillas que George había instalado, emitía una luz cálida y acogedora a su alrededor, creando un ambiente íntimo y agradable. Montana intentaba minimizar la importancia del peculiar comportamiento de su curioso vecino. Sabiendo que el vecino de naranja se encontraba en su habitación con la puerta de su terraza abierta, quizás escribiendo o dibujando bajo la tenue luz anaranjada que iluminaba la estancia, comenzó a hablar en voz baja, temerosa de que pudiera oírla desde la distancia. "George, seguramente está solo y aburrido. Quizás no tiene mucho que hacer y se entretiene observando a los demás. No te preocupes demasiado por él".

George asintió. "Tienes razón, cariño. Quizás le falta algo de distracción en su vida. Pero sus miradas constantes me hacen sentir observado, como si quisiera escudriñar cada detalle de nuestra intimidad cuando estamos en el comedor"

Montana le cogió la mano para reconfortarlo. "No dejes que eso arruine nuestra felicidad en nuestro nuevo hogar, cariño. Disfrutemos de lo que tenemos y no permitamos que un vecino chafardero perturbe nuestra tranquilidad".

George asintió de nuevo, no sin mostrar su preocupación. "Tienes razón, pero a veces siento como si sus ojos estuvieran pendientes de nuestra rutina, de nuestras conversaciones. Y esos dibujos que él cuelga en su habitación cerca de la puerta. ¿Qué pueden significar? ¿Y si tienen algo que ver con nosotros?"

Montana sonrió y le puso su mano suavemente en el hombro. "Vamos, amor, estás dejando volar demasiado tu imaginación. Debe ser su pasatiempo. Dibuja y luego cuelga lo que más le gusta allí, para poder contemplarlo".

Aunque George quería aceptar las palabras reconfortantes de Montana, la sensación de ser observado seguía rondando en su cabeza. Aquel hombre misterioso, el "Buda naranja", como lo había apodado Montana, se había convertido en un enigma para George. ¿Qué intenciones escondía aquel vecino detrás de aquella mirada penetrante tras aquellos cristales redondos y los enigmáticos dibujos que colgaba cerca de la puerta? ¿De qué temática eran? La curiosidad de George estaba aumentando cada día que pasaba; era ya casi una obsesión conocer el motivo por qué los observaba tanto. ¿Sería solo *chafardería*? ¿O tendría alguna mala intención hacia ellos?

Al día siguiente, George se encontraba solo en casa, inmerso en su trabajo frente al ordenador. Como programador, tenía la ventaja de poder desempeñar su trabajo desde la comodidad de su hogar cuando no era necesario asistir en persona a la oficina. Desde su escritorio, escuchó cómo tosía el "Buda naranja" en su terraza. "Vaya tos más fea" pensó, "parece que el tabaco le está pasando factura". Observó que la puerta de la habitación de aquel vecino permanecía entre-abierta, mientras las enigmáticas hojas de papel blanco en las que dibujaba, ondeaban caprichosamente a merced de la corriente de aire.

La curiosidad invadió a George una vez más. Dado que era un aficionado a la ornitología, él tenía unos buenos prismáticos para observar pájaros. Decidió utilizarlos para poder ver qué dibujaba el "Buda naranja" y colgaba cerca de la salida de su terraza. Pacientemente, esperó a que abandonara la habitación y se dirigiera a otra parte de su piso. Y una vez que tuvo campo libre, tomó los prismáticos y los enfocó sobre los misteriosos papeles colgantes.

Sin embargo, las hojas de papel no estaban orientadas del todo hacia su balcón; parecían dispuestas hacia la mesa que ocupaba el "Buda naranja" en su habitación. La inoportuna corriente de aire empeoraba aún más la situación, dificultando su visión. Al sostener los prismáticos, la perseverancia de George dio sus frutos. En las danzantes hojas de papel, pudo entrever un dibujo que le resultaba curiosamente familiar. En él, parecía plasmada la figura de un gato de color naranja, lo cual le recordó a Sunny, su gato. Y en la lámina situada justo debajo, el dibujo de un pájaro que parecía tratarse de una urraca.

Justo en ese preciso momento, cuando George estaba a punto de adentrarse aún más en la contemplación de otros dibujos, el vecino hizo su entrada en escena. Apareció de repente en su habitación y cerró la puerta de madera blanca con cristales cuadrados, con determinación. George se vio repentinamente privado de su visión de aquellos enigmáticos dibujos.

George suspiró resignado y regresó al ordenador portátil, sumergiéndose una vez más en su trabajo. Pasadas unas horas, su amada Montana llegó a casa. Ella trabajaba en una tienda de ropa en el centro de la ciudad. Su presencia siempre irradiaba energía y vitalidad. Montana destacaba por su estatura y atractivo; su larga melena de color castaño claro enmarcaba su rostro con elegancia. Su vestimenta moderna y sofisticada reflejaba confianza con cada paso que daba. En contraste, George, ligeramente más alto que ella, lucía un cabello corto de tono castaño oscuro y prefería un vestuario más clásico y sobrio. A pesar de sus diferencias, formaban una pareja que encajaba a la perfección, complementándose en cada aspecto de sus vidas.

"¡Hola, cariño!", exclamó Montana, inclinándose para darle un breve beso en la boca. "¿Cómo ha ido tu día?"

George levantó la vista y le devolvió la sonrisa. "Ha sido un día tranquilo. Sabes que hoy he conseguido observar con los prismáticos los dibujos del 'Buda naranja'".

Montana arqueó una ceja con curiosidad. "¿Y qué has visto? ¿Dibuja bien ese hombre?"

George explicó: "Parece que los dibuja con ceras o rotuladores de colores, o ambas cosas. En un dibujo vi un gato sentado de color anaranjado, muy parecido a nuestro Sunny, y en el otro lo que parecía ser una urraca. Ya sabes que es un pájaro bastante inconfundible, con sus colores blanco y negro, y su larga cola".

Montana se sentó en el borde de la mesa, intrigada. "¿Un gato naranja y una urraca?, Eso parece bastante peculiar".

George frunció el ceño ligeramente. "Es extraño, ¿verdad?, que haya dibujado un gato tan parecido a Sunny, incluso llevaba un collar de color negro como el suyo".

Montana reflexionó durante un instante. "Podría ser solo una coincidencia. Tal vez haya visto a Sunny caminando por los tejados. Al igual que la urraca, ya sabes que por aquí también se aventuran desde el parque que hay aquí, justo al lado".

George asintió, aunque su expresión seguía siendo pensativa. "Sí, es posible. La verdad es que no tiene demasiada importancia. Por cierto, no es un Rembrandt dibujando, es más bien un aficionado".

Juntos se dirigieron a la cocina para preparar la cena y disfrutar de una plácida noche en su nuevo hogar.

Al día siguiente, George pasó toda su jornada fuera de casa, inmerso en su trabajo. Al regresar a su hogar, se topó con una escena inusual. Montana estaba de pie en el balcón con una expresión preocupada en su rostro, mirando hacia los patios traseros de los edificios. "¿Qué ocurre, cariño?", indagó George mientras dejaba su maleta con su ordenador portátil a un lado.

Montana se volvió hacia él con una mirada de preocupación. "No encuentro a Sunny. Estaba dentro de casa cuando me fui, pero ahora no lo veo por ninguna parte".

George frunció el ceño, tratando de recordar. "Igual abriste un momento la ventana balconera de la terraza para ventilar y salió afuera sin que lo vieras".

La preocupación de Montana se intensificó. "Pues si se quedó afuera durante todo el día, podría estar perdido o algo le pudo haber pasado".

George se acercó a ella y la abrazó suavemente. "Tranquila, cariño. Ya sabes que Sunny es un aventurero. A lo mejor decidió explorar un poco. Ya lo conoces, le encanta recorrer los tejados y curiosear por ahí. Seguro que regresará pronto".

Montana asintió, aunque todavía se la veía preocupada. "Espero que tengas razón. Solo me preocupa que no le haya pasado algo, o si alguien le ha hecho daño. Ya sabes que hay gente muy cruel".

George acarició su cara con ternura. "Vamos a esperarlo juntos, ¿de acuerdo? Si tarda en aparecer, sobre todo si pasa su hora de la cena, lo buscaremos".

Montana le sonrió con gratitud. "Tienes razón, George. Siempre regresa. Pero hasta entonces, no estaré tranquila".

Así, la pareja se quedó en la terraza esperando el regreso de su querido gato, mientras compartían unos momentos de apoyo mutuo.

Después de un rato, una urraca apareció de repente y se posó en la piedra que cubría el murete de ladrillos en el límite sur de su terraza, a tan solo unos metros de distancia. La sorpresa fue enorme al darse cuenta de que el ave sostenía en su pico un collar negro con brillantes cristales de Swarovski que destellaban bajo la suave luz del atardecer. ¡Era el collar de su gato Sunny! De repente, resonó un breve graznido, característico de las urracas, rompiendo aquel silencio glacial. George se levantó de un salto de su silla, lleno de inquietud. Justo en ese instante, el córvido alzó el vuelo, volando por encima de los tejados en dirección oeste, hacia el parque, llevándose consigo el collar de su querido Sunny.

CAPÍTULO 2

LA REVELACIÓN

Un nuevo graznido resonó en el aire en la distancia, como un eco de la extraña escena que habían presenciado. Montana estaba visiblemente alterada, con la mirada clavada en el punto donde la urraca se había posado. "¿Puedes creer lo que acabamos de ver? ¡Esa urraca tenía el collar de Sunny! ¿Cómo es posible?"

George dijo bastante alterado. "Es demasiada coincidencia, ¿no crees? Un día después de que viera aquellos dibujos en la habitación del "Buda naranja", desaparece Sunny y luego aparece una urraca llevando su collar".

Montana se mordió el labio nerviosamente. "¿Qué quiere decir todo esto? ¿Qué ese vecino sabía que esa maldita urraca se haría con el collar de Sunny?"

George, con cara de impotencia, respondió. "No lo sé, cariño, pero encuentro que es demasiada coincidencia. Podría ser que el "Buda naranja" tuviera algo que ver con la desaparición de Sunny".

Montana miró a George, con incredulidad, tratando de buscar algo racional. "Podría ser simplemente una coincidencia, ¿no? Quiero decir, quizás el "Buda naranja" vio a Sunny en algún momento, y también se fijó en alguna urraca en el parque, y eso lo inspiró a hacer aquellos dibujos. No creo que tenga necesariamente algo que ver con la desaparición de Sunny. Además, como sabes, las urracas tienen fama de recoger objetos brillantes y se los llevan a sus nidos".

George suspiró, pensando en las palabras de Montana. "Tal vez estés en lo cierto, amor. Podría ser solo eso, una casualidad. Pero sigue siendo extraño, ¿verdad? Ese vecino está siempre allí observando desde su habitación, desde la terraza. ¿Y aquel dibujo? Lo veo demasiada coincidencia. ¿Cómo una urraca puede apropiarse del collar de un gato? ¿Cómo se lo puede llegar a quitar? Es un pájaro, no una persona. Me temo que hay algo oscuro detrás de todo esto".

Montana, aun con la preocupación reflejada en su rostro, decidió cambiar el enfoque de la conversación. "Dejemos de especular por un momento. Lo más importante ahora es encontrar a Sunny. No podemos quedarnos aquí sin hacer nada".

George asintió, compartiendo la determinación de Montana. "Tienes razón, cariño. Tenemos que actuar. Pero, ¿por dónde empezamos?"

Montana miró alrededor, pensativa. "Creo que deberíamos empezar por preguntar a nuestros vecinos. Es posible que alguien haya visto a Sunny o sepa algo sobre lo que ha sucedido. Podríamos empezar por la vecina del piso al otro lado del rellano".

George asintió nuevamente. "Es una buena idea. Su piso también tiene terraza como el nuestro y tal vez haya visto a Sunny en el tejado. Sí, vamos a hablar con ella".

La pareja llamó al timbre de su vecina con una mezcla de ansiedad y esperanza. Mientras esperaban, oyeron a un perro ladrando al otro lado de la puerta. Parecía ser un perro de gran tamaño por el sonido de sus ladridos. Pasaron unos minutos y finalmente, una voz femenina habló detrás de la puerta.

La voz sonaba aguda y cansada, como si perteneciera a alguien de edad avanzada. "¿Quién es?", preguntó, mientras miraba por la mirilla de la puerta.

Montana tomó la palabra. "Hola, somos sus vecinos, de aquí del tercero segunda".

Después de unos segundos, la puerta se abrió lentamente. Un olor rancio y viciado se extendió por el ambiente, impregnando el aire con una sensación de humedad añeja. Detrás de la puerta había una mujer anciana, tendría casi unos ochenta años, de estatura media, con el cabello largo y plateado, bastante desaliñado, y unos ojos grises sesgados que parecían contener años de experiencias. Llevaba un vestido largo verde con unos extraños símbolos dorados bordados en él. En su cuello, llevaba un colgante con un medallón redondo de metal, con la negra figura de lo que parecía ser un cuervo en él.

"Sí, los he visto entrar en su piso en algunas ocasiones", dijo con una sonrisa amable, mientras su voz resonaba con una sabiduría acumulada a lo largo de los años. El perro ladró nuevamente y la mujer lo reprendió de inmediato. "¡Cállate, Balor!", exclamó su dueña, y el can se calló al instante. Era un perro más bien pequeño, a pesar de su contundente voz. Se trataba de un terrier escocés de color negro; su ojo derecho parecía tener un color diferente, como si tuviera algún problema de visión en él.

Montana trató de parecer amable mientras explicaba la situación. "Hola, él es George y yo me llamo Montana. Nuestro gato, Sunny, ha desaparecido y pensábamos que tal vez usted lo haya visto".

La mujer asintió comprensivamente. "Oh, qué pena, pobre animalito. Me llamo Briony, encantada de conocerles. Por cierto, ¿cómo es su gato?"

Montana describió a Sunny con detalle, mencionando su pelaje naranja y su inclinación a explorar las terrazas y tejados.

Briony pareció pensar por un momento, mirando brevemente a su perro Balor sentado en el suelo con una actitud sumisa. "He visto algún gato por los tejados últimamente. Balor suele avisarme con sus ladridos. Pero ninguno de ellos coincide con la descripción de su gato, lamentablemente. "

A medida que hablaba, Briony frunció el ceño, como si estuviera tratando de recordar algo más. "Por cierto, me vienen a la memoria los antiguos propietarios de vuestro piso… también eran jóvenes, como vosotros. Perdieron un gato, un gato que nunca más se supo de él".

Montana y George se miraron, sorprendidos por el giro inesperado de la conversación. "¿Otro gato desaparecido?", preguntó Montana, con interés y cierta intriga.

Briony asintió, con sus arrugados ojos grises mirando hacia el pasado. "Tenían un gato que simplemente desapareció sin dejar rastro. Nunca supieron qué le ocurrió. Pobre pareja, nada volvió a ser igual desde la desaparición de su gato".

George indagó más en el asunto, un tanto perplejo por aquella revelación. "Es curioso, ¿verdad? Dos parejas en el mismo piso, y las dos pierden a sus gatos. ¿Por qué dice que nada volvió a ser igual?" Preguntó muy intrigado.

Briony pareció cambiar de actitud, como si la mención de los antiguos inquilinos le trajera recuerdos sombríos. "Aquella pareja... estuvieron aquí apenas unos meses. Fue algo trágico".

La curiosidad de George fue en aumento. "¿Trágico? ¿Qué pasó?"

Briony suspiró. "Cuando su gato desapareció, aquella joven no volvió a ser la misma. Estaba muy triste, melancólica. La vi unas pocas veces más, a veces hablando sola. Hasta que un día llegó una ambulancia y se la llevaron".

Montana se mostró intrigada. "¿Y el hombre?"

Briony negó con la cabeza. "Nunca supe qué pasó con él. Simplemente, dejó el piso y nunca volví a verlo. Creo que el banco se quedó con la propiedad, una triste historia..." acabó bajando la mirada unos segundos.

La pareja asintió en silencio, absorbida por el relato. La sombría historia de los antiguos propietarios de su piso añadía un nuevo nivel de misterio. Balor, el perrito de Briony, parecía mostrar una expresión de curiosidad por todo lo que se estaba explicando allí.

Montana sintió un escalofrío. "¿Cree que puede haber alguien detrás de todo esto? ¿Algún vecino?"

Briony encogió ligeramente los hombros. "Quién sabe, querida. A veces, el mal nos acecha y no sabemos de dónde nos puede venir. Pero no os preocupéis demasiado, no tiene por qué suceder lo mismo otra vez. No más faltaría. Espero que Sunny regrese pronto con vosotros. Si lo viera, os avisaría inmediatamente".

Montana y George, se quedaron bastante preocupados al haber oído aquellas palabras. Agradecieron la atención de Briony y se despidieron. Mientras se alejaban de la puerta, la historia que les había contado sobre los antiguos inquilinos seguía rondando en sus mentes, planteando más interrogantes sobre la desaparición de Sunny y el misterio que parecía rodear a su nuevo hogar.

CAPÍTULO 3:

INTIMIDAD QUEBRANTADA

Tras una noche de insomnio causada por el bochorno y la inquietud que les había inculcado la vecina, la pareja se levantó con el cansancio dibujado en su rostro. Ambos se fueron a sus respectivos trabajos. George aquel día se dirigió a su oficina, donde aprovechó para diseñar e imprimir copias de un cartel con la fotografía de su desaparecido Sunny, con el propósito de distribuirlo por el vecindario.

Por la tarde, implacable, el sol abrasador del verano todavía se hacía notar. La pareja comenzó a pegar los carteles en las calles cercanas a su bloque, en farolas y columnas, distribuyendo también algunos carteles en buzones de los edificios más próximos a su casa.

Fue en medio de esta tarea cuando se cruzaron con una mujer, probablemente tendría unos ochenta o más años, paseando sola por el barrio. Mostrándole la foto de Sunny, le preguntaron si había visto al gato.

La anciana, de estatura pequeña, con cabello rizado teñido de color caoba, les respondió que le parecía haber visto a un gato similar unas horas atrás, cerca de su casa, pero su certeza parecía tambalear en su voz. Las dudas que manifestaba afloraron las sospechas sobre la capacidad de la anciana para recordar bien las cosas.

"Gracias, señora, por su ayuda", expresó George con gratitud, viendo que de aquella mujer no sacarían nada en claro.

"No hay de qué", respondió la mujer con una sonrisa. Luego su expresión se volvió seria. "Tengan cuidado, jóvenes. En este barrio, como en muchos lugares, se esconde el mal, y no solo eso, también puede actuar si se lo propone", advirtió. En ese momento, vieron cómo tocaba con sus dedos temblorosos un crucifijo que llevaba colgado en el cuello.

Después de la advertencia de la anciana, George y Montana se quedaron mirando el uno al otro, intercambiando unas palabras en tono pensativo. "¿No te parece raro que dos personas del barrio nos hayan dicho que tengamos cuidado con el mal?", comentó George, poniendo una expresión de intriga en su cara.

Montana, asintiendo. "Sí, la verdad es que sí. Briony se llama, ¿verdad? Nuestra vecina, la que nos explicó aquella historia inquietante sobre los antiguos propietarios de nuestro piso, lo de su gato y cómo se esfumaron de una manera tan dramática".

La pareja siguió su búsqueda, abordando a quienes paseaban con sus perros en el parque o caminaban por las calles del vecindario. Cuando llegaron a la calle del edificio del "Buda naranja", bajando desde el parque las escaleras de acero inoxidable. Siguieron la calle hacia el este, y George se detuvo de pronto, contemplando el que debía ser el portal del edificio de aquel enigmático vecino. Viendo que los buzones se encontraban en el vestíbulo y no podían entrar fácilmente, sugirió a Montana la idea de fijar uno de sus carteles en una de las columnas de la entrada. Así lo hicieron, con la esperanza de que aquel hombre u otros vecinos, en caso de haber visto a Sunny, decidieran ponerse en contacto con ellos.

Los días pasaban, monótonos y sin novedades sobre el paradero de Sunny. La preocupación crecía en Montana, quien se sentía profundamente afectada por la pérdida de su querida mascota. Su ánimo se veía empañado y su vida adquiría un matiz apático, como si hubiera perdido una parte de su propio ser.

George, viendo el estado de ánimo de Montana, un día decidió tomar cartas en el asunto. Insistió en que salieran a cenar fuera, tratando así de sacarla de esa espiral de tristeza. Finalmente, consiguió convencerla y pasaron una velada agradable en un buen restaurante con un ambiente romántico. Al regresar a casa, antes de dormirse hicieron el amor como no lo habían hecho en mucho tiempo, entregándose el uno al otro con gran pasión. Esto les ayudo en cierta medida a olvidar por un momento los últimos días de ansiedad y pena acumulada debido a la desaparición de su precioso felino anaranjado.

Al día siguiente, unas horas después de que Montana se fuera a trabajar en la tienda, la figura del "Buda naranja" volvió a captar la atención de George desde el comedor. Movido por una curiosidad incontrolable, decidió tomar su cámara fotográfica digital, equipada con un potente zoom que solía utilizar para fotografiar aves, y se dirigió a su terraza en la planta superior. Desde allí, tendría una mejor vista de su enigmático vecino sin que este pudiera verlo tan fácilmente como desde el balcón de la planta inferior. Apuntó el objetivo hacia la habitación del "Buda naranja" y notó claramente que en ese momento estaba escribiendo un manuscrito con un bolígrafo, lo cual añadía una nueva dimensión a su misteriosa actividad artística.

Tomó algunas fotografías del hombre vestido de naranja y luego dirigió su interés hacia la derecha de la mesa, donde una lámina de papel parecía contener un nuevo dibujo. Enfocó su cámara allí, aumentando al máximo el *zoom* y manteniendo un pulso firme apoyándose sobre el murete de la terraza, logró ver con detalle el contenido del dibujo. La imagen que se reveló lo dejó boquiabierto y completamente sorprendido. Sin perder tiempo, George empezó a capturar instantáneas del dibujo, tomando una ráfaga de fotografías antes de que fuera demasiado tarde.

De repente, escuchó la tos de aquel vecino fumador. Lleno de temor ante la posibilidad de ser descubierto mientras apuntaba su cámara hacia la puerta de este, George se agachó rápidamente detrás del murete de su terraza. Contuvo la respiración y aguardó en silencio durante unos largos segundos. Tras un momento de tensión, reunió valor y se aventuró a mirar nuevamente hacia la puerta del vecino, solo para encontrarla cerrada. Con el corazón, aun latiendo con fuerza y una mezcla de nerviosismo por lo que había visto, revisó las fotografías en la pantalla de la cámara y decidió continuar con su trabajo como pudo.

Horas después, Montana regresó del trabajo, arrastrando consigo la pesada rutina diaria. La tensión que había envuelto a George se disipó momentáneamente con la presencia de su amor. Sin embargo, la incertidumbre sobre el paradero de Sunny seguía pesando sobre ambos, como una sombra constante en sus pensamientos. Con una mirada preocupada,

Montana finalmente rompió el silencio y preguntó a George si tenía alguna noticia sobre su querido gato.

George le respondió que no había novedades. La tristeza en los ojos de Montana era palpable mientras asimilaba la noticia, resignándose a la realidad que había arraigado en sus vidas. Sin embargo, algo en la mirada nerviosa de George le hizo notar que algo le estaba ocultando.

Montana le preguntó, "¿George va todo bien? Pareces inquieto, ¿te pasa algo?"

George, sintiéndose culpable por mantener oculto su descubrimiento, finalmente reunió el suficiente valor para hablar. De manera apresurada y con un tono nervioso, George le dijo a Montana que tenía algo importante que enseñarle. La gravedad de su expresión la inquietó, y su mente volaba hacia posibilidades tanto aterradoras como esperanzadoras.

Montana, con una mezcla de emoción y ansiedad, preguntó de qué se trataba. Por su mente pasaba lo peor. Sin dar rodeos, George sacó su cámara y le mostró con precaución las fotos que había tomado del dibujo a Montana.

En el dibujo se veía claramente un hombre y una mujer practicando sexo, los dos cuerpos desnudos estaban dibujados con trazos sutiles, la mujer encima del hombre y este tumbado mirando hacia ella, los dos de perfil.

Montana observaba las fotos con una expresión dubitativa en su rostro. "Parece que ese hombre está bastante salido", comentó con una sonrisa irónica. "Debe ser un pervertido que se entretiene a dibujar escenas eróticas que imagina".

George se apresuró a explicar, tratando de mantener la calma. "No te parece muy casual, ayer hicimos el amor, y al día siguiente me encuentro con este dibujo. ¿No me dirás que no es mucha coincidencia? Aparte dibuja un gato y una urraca, y luego desaparece Sunny y vemos una urraca llevándose volando su collar…"

Montana lo interrumpió, cortándolo de manera un tanto impetuosa. "George, entiendo que te parezca casual, pero es solo un dibujo. No debemos dejarnos llevar por teorías absurdas. Además, no nos parecemos; aunque la mujer tiene el cabello largo y castaño claro como yo, le ha dibujado unos pechos más grandes que los míos". Comentó de una manera burlona para restar un poco de dramatismo a la situación. "Y el hombre del dibujo tiene el cabello corto y castaño oscuro como tú, pero le ha dibujado una nariz más pequeña que la tuya", acabó Montana con un poco de sorna.

George no podía evitar sentir que había algo más detrás de todo aquello, que no era una mera coincidencia. "Aquí hay algo que huele mal, amor. No puede ser tanta casualidad. ¿Y si ese hombre nos espía con una cámara oculta?, ¿podría ser, no?", dijo George alterado mientras se levantaba repentinamente. Comenzó a buscar con rapidez por todos los rincones posibles del dormitorio: paredes, muebles, luces…

Montana observó su frenética búsqueda con una mezcla de preocupación y consternación. "George, ¿qué estás haciendo? No creo que haya ninguna cámara oculta aquí. Esto puede ser tan solo una coincidencia. Ese hombre debe ser simplemente un aficionado al dibujo erótico", dijo Montana, intentando restar importancia a la situación y desviar sus pensamientos de teorías conspiratorias.

Finalmente, después de revisar minuciosamente cada rincón del dormitorio y no encontrar ningún indicio de una cámara oculta, George desistió con un suspiro de frustración. Aunque seguía sintiendo que había algo extraño en todo aquello, decidió concederle a Montana la tranquilidad que necesitaba. "Tal vez tengas razón", admitió, dejando escapar un poco de la tensión acumulada. "Puede que esté dejándome llevar por la paranoia". Con un gesto resignado, se dejó caer en la cama, tratando de disolver sus pensamientos más surrealistas.

CAPÍTULO 4:

EL ENCUENTRO

Al día siguiente, George volvió a sumergirse en su trabajo desde casa, pero la inquietud persistía y le era difícil concentrarse. La revelación del dibujo de aquel misterioso vecino, el "Buda naranja", seguía resonando en su mente.

Decidió trasladarse al comedor para así poder observar si aquel vecino abría la puerta de la terraza o salía a ella. Después de un par de horas, finalmente lo vio salir para fumarse un cigarrillo. George sintió que era el momento de abordar el asunto y hacer las preguntas que habían estado rondando su mente. Reuniendo valor, decidió llamar la atención del hombre desde su balcón.

"¡Disculpe, señor!", gritó con determinación mirando a su vecino. "Quiero hablar con usted. ¿Sabe algo de nuestro gato? ¿Lo ha visto?" El vecino giró la cabeza hacia él, con una mirada cargada de indiferencia detrás de aquellas gafas redondas. Sin pronunciar palabra, dio media vuelta y regresó a su habitación con el cigarrillo encendido en la boca, cerrando la puerta de la terraza tras de él.

La reacción del hombre dejó a George sorprendido y a la vez frustrado. Ese rechazo, sin apenas pronunciar una palabra, lo enervaron. La indignación y el enojo se apoderaron de él y no pudo evitar gritarle sin pensarlo. "¡No sea tan maleducado! ¡Vaya un vecino!", su voz estaba cargada de frustración y rabia en la misma medida.

Las palabras resonaron en el aire, cargadas de tensión y descontento. George sintió una mezcla de emociones, desde la rabia hasta la preocupación. Sabía que algo no encajaba con el comportamiento de aquel vecino y estaba decidido a desentrañar aquel misterio.

Después de aquel intento fallido de conversación, George decidió encontrarse cara a cara con aquel vecino. Por lo que se planteó con determinación encontrarlo cuando saliera a la calle. Empezó a pensar cuándo podía ser el momento ideal. Durante los siguientes días, observó meticulosamente la rutina del vecino. Se percató que, cada día, alrededor de las once de la mañana, cerraba la puerta de la terraza, apagaba la luz de su habitación y desaparecía. Una sospecha empezó a tomar forma en la mente de George: quizás a esa hora, el vecino salía de casa, como una rutina diaria. Con esta suposición en mente, George decidió que al día siguiente iría a esperarlo en su calle, cerca del portal, a aquella misma hora.

La mañana siguiente, a las once menos cuarto, George salió de su edificio, dirigiéndose al portal del bloque del vecino. En apenas cinco minutos, llegó al final del parque y bajo los 66 peldaños metálicos que tenían las escaleras que separaban el parque de la calle del vecino. Otros cinco minutos lo llevaron cerca de su objetivo, decidió esperar en el portal de otro edificio, casi en frente del edificio dónde vivía el "Buda naranja". Por suerte, allí no le tocaba el sol, ya que el día era muy soleado y caluroso. Esperó pacientemente. Algunas personas pasaban caminando y lo miraron brevemente con caras de curiosidad, pero a George eso no le importaba, él estaba determinado a poder hablar cara a cara con aquel vecino maleducado.

George miró su reloj, eran las once en punto de la mañana, de momento nada, pero pasados unos minutos, detectó movimiento en el vestíbulo del edificio del vecino. Su corazón latió un poco más rápido al atisbar la figura del hombre vestido con su distintiva camiseta naranja y unos pantalones cortos color beige. No había ninguna duda, era el "Buda naranja". Con el pulso acelerado, George empezó a moverse hacia él. El hombre, al notar su presencia, comenzó a aumentar el ritmo de sus pasos en dirección a las escaleras que subían al parque. La tensión en el aire era palpable mientras George se iba aproximando.

El hombre avanzaba a un ritmo sorprendentemente rápido a pesar de su corpulencia. George se dio cuenta de que caminando no podía alcanzarlo y decidió llamar su atención: "Disculpe, señor", gritó, su voz resonando en la calle. "Soy su vecino de delante de su terraza, querría hablar con usted un momento". Sin embargo, el hombre de naranja ni siquiera se dignó a girar la cabeza y aumentó aún más su marcha.

George tenía la esperanza de que una vez que el hombre alcanzara las escaleras, tendría la oportunidad de atraparlo en el ascenso. Pero para su asombro, observó cómo el vecino subía las escaleras con inusitada rapidez, aunque el hombre presentaba ciertamente un importante sobrepeso.

La escena era bastante surrealista. El vecino subía las escaleras con una agilidad inesperada, casi felina, y George lo perseguía impulsado por la necesidad de tener respuestas. La distancia entre ellos se acortaba gradualmente, y mientras el corazón de George latía con fuerza debido al esfuerzo de subir tan rápido las escaleras, sabía que estaba a punto de tener un encuentro cara a cara con aquel misterioso vecino.

En el momento en que llegó al final de las escaleras, George consideró la posibilidad de empezar a correr para atraparlo y forzar así una conversación. Justo cuando estaba a punto de hacerlo, un graznido agudo resonó a su derecha. Instintivamente, desvió la mirada hacia allí y vio una urraca posada en una rama de un árbol cercano; su corazón se aceleró aún más.

Sorprendido y confundido, George se giró nuevamente hacia donde había visto al fugitivo, solo para descubrir que había desaparecido. Corrió unos metros en la dirección que suponía había tomado el hombre de naranja, pero no encontró rastro alguno de él. Miró luego atrás y vio que la urraca también había desaparecido.

Frustrado por aquella persecución fallida y con un corazón que latía aceleradamente, George decidió regresar al edificio del vecino fugitivo. Esperó en la calle donde antes lo había aguardado, observando pacientemente. Sin embargo, como el tiempo pasaba y el vecino no aparecía, George decidió intentar entrar en el edificio, llamando a los timbres de los vecinos, haciéndose pasar por personal de la compañía del gas. Finalmente, alguien le abrió el cerrojo eléctrico.

Una vez dentro del edificio, buscó los buzones y localizó los de la quinta planta. "John Lugh", pronunció en voz baja, pensó que ese tenía que ser el buzón del escurridizo "Buda naranja", ya que el otro buzón tenía etiquetado el nombre de una mujer. Mientras esperaba, una vecina del edificio entró de la calle y lo vio esperando en el vestíbulo. Le preguntó si estaba esperando a alguien, y George le respondió que esperaba a John Lugh, el vecino del quinto segunda. La vecina lo miró con desconfianza y le dijo secamente, "No sabía que mi vecino tuviera amigos".

La mujer se dirigió al ascensor sin decir nada más, con cara seria y una mirada de desconfianza hacia George, llamó al ascensor y subió en él. George, viendo que habían pasado unos minutos y que el "Buda naranja" no aparecía, para evitar encuentros incómodos con otros vecinos, decidió regresar a su casa. Con cada paso que daba hacia su hogar, la intriga y el desconcierto aumentaban, mientras se preguntaba qué secretos podría estar ocultando aquel enigmático vecino llamado John Lugh.

CAPÍTULO 5

BAJO LA SUPERFICIE DE LAS APARIENCIAS

George llegó a su piso, sintiéndose inquieto. Necesitaba respuestas y no quería quedarse así. Se sentó frente a su ordenador portátil y empezó a investigar. Tecleó el nombre "John Lugh" en varios navegadores de internet, esperando encontrar algún rastro que lo llevara a entender quién era realmente su vecino.

Los resultados de la búsqueda fueron diversos, pero por desgracia, parecía que ningún dato encajaba con su vecino. No había perfiles en redes sociales que se asimilaran a su vecino, ni tan solo en relación con su hobby de dibujar ni de escribir. Tampoco encontró ninguna pista añadiendo al nombre, la población en la que vivían. La falta de resultados solo aumentaba el misterio que rodeaba a John Lugh.

Sin embargo, había una cosa que descubrió. Se dio cuenta de que "Lugh" era un nombre de origen celta. Más aún, descubrió que "Lugh" era el nombre del dios celta del sol y la luz, la guerra, la cosecha, y estaba asociado con el arte y la artesanía.

De repente, un recuerdo llegó a su mente. Recordó a su vecina Briony, la mujer con el vestido verde adornado con aquellos peculiares símbolos dorados, que tenían un aspecto que podía ser céltico. Una extraña idea comenzó a tomar forma en su mente: ¿Y si Briony, por casualidad, sabía más sobre aquel vecino voyeur llamado "John Lugh"? La posibilidad de obtener respuestas lo impulsó a decidir ir a hablar de nuevo con su vecina de rellano.

Con la decisión tomada, George se dirigió hacia la puerta de Briony. Mientras estaba a punto de tocar el timbre, oyó un sonido familiar: el ladrido de aquel pequeño terrier escocés. Pero en esta ocasión, escuchó detrás de la puerta un agudo "tssssit" que hizo callar al can. Tuvo la sensación de que le estaban observando por la mirilla de la puerta. Después de unos segundos, la puerta se abrió lentamente y apareció Briony. Una vez más percibió aquel olor rancio, como de humedad añeja, que emanaba del piso de la anciana.

Sus ojos se encontraron, y George pudo percibir una mezcla de sorpresa y curiosidad en la mirada de la anciana. "¡Oh, es usted otra vez, mi vecino de enfrente!", exclamó con una sonrisa. La voz de la anciana era dulce y arrastrada, teñida de curiosidad. "¿Qué desea, si puedo preguntarle?", continuó, mientras lo miraba expectante.

George empezó disculpándose, "Disculpe si la molesto. Querría preguntarle de nuevo si ha visto a nuestro gato Sunny".

La anciana respondió: "Lamentablemente, hace ya unos días que no veo ningún gato rondando por mi terraza. Incluso

Balor, mi perro, no ha notado la presencia de ningún gato en los tejados o en nuestra terraza".

Con una expresión amable, George aprovechó la oportunidad para continuar la conversación. Le preguntó a Briony si sabía algo acerca de un vecino que vivía en el edificio de seis plantas de la calle de más abajo, hacia el sur, y que solía vestir siempre con camiseta naranja. También lo describió, esperando encontrar alguna pista sobre el enigmático "Buda naranja". Briony frunció levemente el ceño y se tomó un momento para pensar.

"No recuerdo haber visto a nadie así por el barrio", respondió finalmente Briony, la mujer parecía un poco contrariada. George, sin perder la esperanza, decidió indagar un poco más. "Quizás el nombre 'John Lugh' le suene familiar", insinuó con cautela.

Cuando la anciana escuchó aquel nombre, George notó que su expresión cambiaba, tornándose más seria y áspera. Ella respondió con una voz más pausada, "No, no conozco ese nombre. No me suena de nada".

Aunque Briony negó conocer el nombre, George no acababa de creerse del todo su respuesta. Hubo un cambio en la actitud de Briony que no pasó desapercibido para él.

La conversación continuó, y Briony agregó: "¿Joven, recuerda lo que os dije cuando nos conocimos sobre cómo el mal nos acecha, y no sabemos de dónde puede venirnos? No sería descabellado pensar que ese tal John Lugh tenga algo que ver con la desaparición de vuestro gato. Podría ser que os haya estado observando desde su piso al otro lado de los patios. Como os dije, también desapareció el gato de los antiguos propietarios de vuestro piso".

George se sintió perturbado, considerando la posibilidad de que la anciana hubiera estado al tanto de su enigmático vecino y no les hubiera dicho nada con claridad cuando acudieron a ella por primera vez.

En ese momento, Briony sacó de un bolsillo de su vestido lo que parecía ser un colgante. "Voy a hacerte un regalo", dijo con solemnidad. "Por favor, no lo rechaces. Para mí tiene mucho valor. Es un amuleto de origen celta, una triqueta. Protege a quien lo lleva de las fuerzas del mal".

George se quedó estupefacto ante el gesto de la anciana, pero por cortesía extendió su mano para recibir el colgante. "Gracias", respondió, un tanto abrumado. "Aunque no creo en supersticiones", tomó el amuleto de brillante metal y lo observó brevemente, viendo que tenía una forma triangular compuesta por tres arcos entrelazados. Le recordaba haber visto algo así antes en internet o en alguna otra tienda de bisutería barata.

Briony se despidió con una mirada sabia en sus ojos. "Espero que os proteja contra el mal que nos acecha, en esta lucha eterna entre el bien y el mal. Porque bajo la superficie de las apariencias, uno puede encontrar el mismísimo mal; el mal es algo mucho más antiguo que la propia especie humana, ya existía mucho antes de que el primer hombre empezara a caminar erguido. Hasta pronto, joven. Cuida mucho de tu hermosa mujer y que tengáis suerte".

George se quedó ciertamente intranquilo después de oír todo aquello. Y le vino a la memoria aquella vecina octogenaria que se encontraron en la calle agarrando en sus dedos aquel pequeño crucifijo. Sin saber mucho qué decir, balbuceó un "Adiós, señora", mientras ella se retiraba cerrando la puerta ante la mirada atónita de George, y dejándole con aún más interrogantes y con una sensación de inquietud.

Mientras regresaba a su piso, la conversación con Briony siguió resonando en su mente. Sentía en su mano el metal del amuleto calentado por su piel que lo envolvía, y aunque no creía en todas esas historias del bien contra el mal que le había intentado inculcar aquella anciana, no pudo evitar sentir un escalofrío momentáneo recorriendo su espalda. Pasadas unas horas, la llegada de Montana le dio cierto consuelo y decidió compartir con ella todo lo que le había ocurrido aquel día tan intenso en emociones.

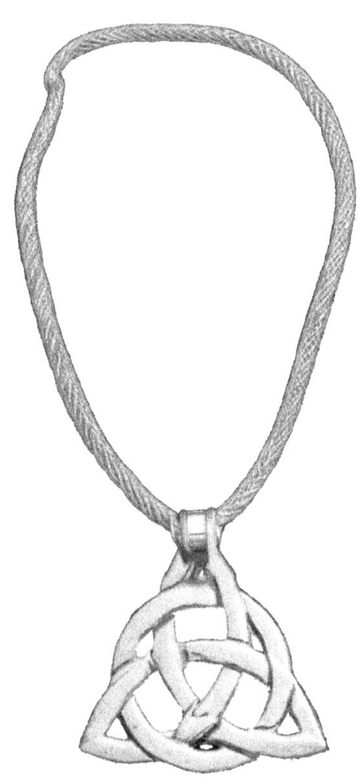

CAPÍTULO 6:

EL AMULETO

"No puedo creerlo, George", exclamó Montana con asombro. "¿Realmente fuiste al encuentro de aquel hombre? ¿A esperarlo a la salida de su casa? Sabes que podría llamar a la policía y acusarte de acoso. ¡Qué vergüenza, George! ¿No crees que has ido demasiado lejos?"

George respondió con una mezcla de determinación y frustración. "Amor, necesitaba hacer algo. Intenté hablar con él desde el balcón días atrás y simplemente me ignoró, como si no existiera. ¿Y lo de que la urraca me apareciera en el parque? No puedo evitar sentir que hay algo más que no podemos ver. Y, sinceramente, ¿no te parece extraño que alguien con tanto sobrepeso suba las escaleras tan rápido? Ese vecino no es lo que parece".

Montana reflexionó sobre las palabras de George, tratando de asimilar la situación. "Bueno, lo de que subiera las escaleras tan deprisa podría tener una explicación lógica. Igual está mucho más en forma de lo que parece. Y, respecto a lo de la urraca, podría ser solo una coincidencia, ¿no crees?

Siempre se ven algunas urracas por el parque. Cuando pienso en qué le habrá podido pasar a Sunny me pongo muy triste. ¿Estará con alguien? ¿O le habrá sucedido algo malo?"

Pero George no se rindió y continuó, "Ya, pero no olvides que, como aficionado a la ornitología, sé muy bien que las urracas casi siempre van en parejas, y esta estaba sola. Es posible que se tratara del mismo individuo que vimos con el collar de Sunny".

Montana le contestó, "Sí, George, ya sé que entiendes de pájaros, pero como has dicho, casi siempre van en parejas, no siempre".

George siguió obcecado, "Pero espera, hay algo más inquietante: ese hombre se llama John Lugh, lo pude ver en su buzón. Investigando un poco, descubrí que su apellido, Lugh, coincide con el nombre de un dios celta asociado con el sol, la guerra y el arte. Además, fui a hablar con Briony de él, ya que recordé que ella llevaba aquel vestido de color verde con aquellos símbolos que parecían celtas, ¿recuerdas? Pensé qué igual sabría algo más sobre aquel apellido".

Montana lo miró con vehemencia. "Lugh, debe ser un apellido de origen irlandés y nada más. Seguramente aparecen cientos de personas en internet con ese mismo apellido. Pero, espera un momento, ¿fuiste a hablar con nuestra vecina sobre todo esto?"

George asintió, con una mezcla de nerviosismo y vergüenza. "Sí, le pregunté si sabía algo de Sunny, y luego aproveché para mencionar el nombre de ese vecino. Cuando se lo dije, su expresión cambió radicalmente y se puso muy seria. Empezó a hablar nuevamente sobre el mal que nos acecha y sugirió que este hombre podría estar relacionado con la desaparición de Sunny. Incluso insinuó que nos observa".

De repente, George le mostró el amuleto celta que le había regalado Briony, sosteniéndolo en el aire cogiéndolo por el cordel. "Mira esto, Montana. Me dio este amuleto de metal. Una triqueta me dijo que se le llama. Según me explicó, sirve para protegerse del mal".

Montana miró el amuleto con escepticismo. "George, todo esto suena un poco a superchería. ¿Realmente crees que este trozo de metal puede protegerte de algo? Sinceramente, el amuleto parece más bien una baratija. He visto colgantes similares en tiendas de bisutería barata o en paradas de mercadillos".

George respondió con calma, "Sí, pensé lo mismo que tú sobre el amuleto cuando me lo dio. ¡Pero espera un momento!", exclamó muy inquieto, "creo que he visto algo similar en otro sitio hace poco". Sin perder tiempo, corrió a buscar su cámara y empezó a revisar las fotografías que había tomado del vecino escribiendo en su habitación, justo antes de fotografiar aquel dibujo erótico. Encontró tres fotos del vecino delante de su mesa, y en ellas pudo ver que llevaba un colgante de metal suspendido del cuello. George amplió al máximo la mejor imagen de las tres, en la zona del pecho, con ojos atentos, observó que se trataba de una especie de amuleto. Sin perder tiempo, se apresuró a mostrarle la imagen ampliada a Montana.

Ella observó la imagen con asombro, sus ojos se clavaron en el amuleto que el hombre llevaba en el pecho. "¡Es cierto! Tengo que reconocer que parece que tiene algo en común con este amuleto de Briony, parecen como tres espirales entrelazadas. Pero, ¿qué puede significar todo esto?"

George encogió los hombros, compartiendo la misma estupefacción. "No lo sé, Montana. Vamos a buscar en Internet, a ver qué encontramos".

George fue a por su ordenador portátil y lo puso en marcha. Después de teclear las dos palabras clave "amuletos celtas" en un buscador, apareció una lista de resultados. Para su sorpresa, el primero de la lista se asemejaba muchísimo al que llevaba el vecino: un trisquel.

Montana se quedó boquiabierta por el hallazgo. George leyó en voz alta: "El trisquel es un símbolo de tres espirales unidas que representan la trinidad. También se asocia con el poder y la fuerza. Se dice que el trisquel protege a su portador de las fuerzas del mal".

Montana comentó con sorpresa, "Mira, otro amuleto celta para la protección contra el mal. ¿Y el que te ha regalado Briony? ¿Aparece aquí?"

George continuó navegando por la página web y, después de unos segundos, encontró otra información. "Aquí está, la triqueta", dijo mientras leía en voz alta: "La triqueta es un símbolo de tres curvas unidas que representan el pasado, el presente y el futuro. También se asocia con la trinidad, la fertilidad y la eternidad. Se dice que la triqueta protege a su portador de las fuerzas del mal".

La habitación se llenó de un silencio inquietante mientras George y Montana asimilaban la información. La conexión entre los dos amuletos, el amuleto del "Buda naranja" y el de su vecina, parecía demasiada coincidencia. Las alusiones de la anciana sobre que el mal puede encontrarse en los lugares más insospechados, bajo la superficie de las apariencias.

George acabó diciendo, consciente de que todo aquello parecía una locura, "Lo sé, Montana. Suena descabellado. Pero algo en toda esta historia me hace pensar que hay una conexión entre aquel hombre y la anciana, y te diré más, con la desaparición de Sunny, e incluso podría ser que con el trágico final de aquella pareja que vivía aquí".

Con la noche avanzando, y todas aquellas cábalas que discurrían por su mente, George estaba decidido a desentrañar el misterio que rodeaba a aquel hombre, el "Buda naranja". Aunque pudiera ser peligroso, a pesar de que quizás estaba yendo demasiado lejos, no podía ignorar la sensación de que una fuerza oscura y desconcertante les estaba acechando.

CAPÍTULO 7

EL MAL ASCIENDE A LA SUPERFICIE

Al día siguiente, George decidió quedarse en casa a trabajar con su portátil, mientras Montana se despedía de él para ir a la tienda. Intercambiaron un breve beso en la boca de despedida, diciéndole ella seguidamente: "Adiós, cariño, que pases un buen día". Él le respondió: "Igualmente, amor".

George continuaba totalmente obsesionado con su vecino. Fijó la mirada en la terraza de aquel hombre. Aunque pudo vislumbrar luz en el interior de la habitación, la puerta de la terraza del vecino permanecía cerrada; no había rastro del hombre de naranja. Pasaron unas horas, y una tormenta avanzó desde el norte. Se podían oír los truenos acercándose cada vez más. Empezaron a caer gruesas gotas de agua del cielo; en apenas unos minutos, comenzó a llover torrencialmente.

George se dirigió al balcón, y mirando a través de la cortina de lluvia, su mirada se posó de forma casi instintiva hacia la puerta del "Buda naranja". Su sorpresa fue ver un papel de color naranja pegado al cristal por la parte de dentro. Fue corriendo a buscar sus prismáticos y, al enfocar el papel a través del cristal ligeramente empañado, distinguió una palabra escrita en letras mayúsculas, con trazo grueso y en color rojo sobre el fondo del papel naranja: "VEN".

No podía creer lo que estaba viendo. Un torbellino de pensamientos contradictorios cruzó su mente: desde la posibilidad de que el hombre finalmente se quería sincerar con él, hasta la duda de si podría tratarse de una trampa siniestra. Sin embargo, decidió armarse de valor, miró nuevamente al exterior y notó que la lluvia estaba cesando. Tomó el amuleto que le había regalado Briony de encima su mesa, casi sin pensarlo, quizás con la esperanza de que de algún modo pudiera serle útil, y se lo guardó en el bolsillo de su polo de manga corta, de un intenso azul turquesa.

Mientras descendía las escaleras hacia la salida del edificio, los ladridos de Balor, el terrier de Briony, resonaban desde el piso de la anciana. Llegó a la calle y se dirigió de inmediato hacia el parque; aún lloviznaba y los truenos retumbaban en la lejanía. Descendió con cierta precaución por las escaleras de acero mojadas, llegando al comienzo de la calle del vecino.

En pocos minutos, George estuvo en la puerta del edificio del "Buda naranja", probó de empujarla, descubriendo que estaba abierta. Alguien había accionado el cerrojo eléctrico desde algún piso antes de que él llegara; pensó que seguramente había sido aquel vecino huraño. Entonces, aunque un escalofrío recorrió su cuerpo de los pies a la cabeza, decidió continuar con cierta precaución. Llamó al ascensor para que bajara, pero inmediatamente reflexionó sobre la idoneidad de subir en él. Finalmente, optó por desconfiar y subir por las escaleras desde la planta baja hasta la quinta planta, aunque tuviera que hacer el esfuerzo.

Cuando alcanzó el rellano de la quinta planta, apreció que la puerta del quinto segunda estaba entreabierta. Su corazón latía con fuerza, pero decidió enfrentarse a sus miedos y avanzó. Empujó la puerta con cautela y llamó, "¿Hola? ¿Hay alguien?". Notó un fuerte olor a musgo, semejante al aroma que evoca un bosque milenario. Experimentó una extraña sensación al encontrar ese olor en aquel lugar.

Una luz cálida al final del pasillo se filtraba, y George se acercó paso a paso hacia ella. "Oiga, señor Lugh, ¿está ahí?", dijo con tono alto. Después continuó, "¿Qué quiere de nosotros? ¿Por qué nos hace esto?".

Al llegar a la puerta de la habitación, vio que dentro no había nadie. Entró y su mirada se posó de inmediato en la mesa; el hombre había hecho un nuevo dibujo. La imagen le heló la sangre: una mujer de cabello largo yacía en el suelo, rodeada por un gran charco de sangre. Sobre ella, había dibujado un arcoíris. George se quedó perplejo al contemplar aquel macabro dibujo. Debajo del cuerpo de la mujer pudo leer: "Briony Morrigan", escrito a mano alzada. ¿Sería aquel el nombre completo de su vecina? Algo le decía que bien podría serlo.

Observó unos folios esparcidos sobre la mesa, con extraños símbolos que el hombre había escrito seguramente durante horas. Detectó un patrón repetitivo en su contenido, como si repitiera las mismas frases una y otra vez, al igual que si se tratara de un mantra. Un ruido repentino proveniente de la entrada le hizo girarse bruscamente, logrando vislumbrar una figura que desaparecía por la puerta del piso; no cabía ninguna duda de que era la del "Buda naranja".

Escuchó a continuación cómo empezaba a bajar las escaleras a toda prisa. Sin pensarlo, lo siguió en su huida.

George salió al rellano de la escalera, gritó "¡Espere, no huya!", sin pensarlo, presionó el botón para llamar al ascensor, para así alcanzarlo en la planta baja. El ascensor ascendió lentamente, se abrió la puerta, subió de un salto y pulsó el botón de la planta baja. Se cerró la puerta y empezó a descender lentamente. Frenó bruscamente y la puerta se abrió, dejando ver el vestíbulo, George salió con celeridad del ascensor justo a tiempo para ver al hombre de naranja en el vestíbulo, saliendo hacia la calle con una velocidad sorprendente. Empezó a correr tras él, viendo que el hombre salía hacia la derecha, en dirección a las escaleras del parque. Cuando George alcanzó la calle, paró en seco. Miró hacia la derecha, pero no se veía a nadie. Luego miró hacia la izquierda y tampoco, nadie. El fugitivo había desaparecido por completo. No daba crédito a lo que estaba pasando, pensó para sí mismo: "¿Cómo puede haberse esfumado por completo ese hombre? Salí apenas unos segundos después que él a la calle".

Desconcertado, decidió volver a su edificio lo antes posible, subiendo rápidamente las escaleras hacia el parque, considerando la posibilidad de que aquel vecino estuviera jugando con él deliberadamente. Al llegar a su entrada, se le ocurrió algo: mirar los buzones. Se dirigió hacia ellos y comprobó el nombre de su vecina de rellano, aparecía escrito: "Sra. Morrigan y Balor". Su vecina Briony se llamaba Briony Morrigan, el mismo nombre que había visto en el terrible dibujo en casa de aquel vecino.

Un cúmulo de pensamientos y teorías inundaron su mente; ninguna de ellas parecía tener sentido. ¿Qué relación tenía Briony Morrigan con aquel hombre llamado John

Lugh? ¿Por qué había hecho aquel dibujo tan perturbador poniendo al pie el nombre de su vecina? ¿Cómo podía ser que aquel hombre corpulento se hubiera desvanecido en el aire? George se sintió atrapado en un enigma que cada vez se volvía más intrincado y oscuro.

CAPÍTULO 8

EL MAL EMERGE DE LA SUPERFICIE

George subió a su piso y notó que Montana ya había llegado a casa. Al ver que había dejado su bolso en el colgador y sentir una corriente de aire, la llamó: "Cariño, ¿dónde estás?"

Sin obtener respuesta, subió por los peldaños de madera hacia la planta superior del dúplex, observando que la ventana balconera estaba abierta, y llamó de nuevo: "Cariño, ¿estás ahí fuera?"

En medio de su desconcierto, oyó la voz de Montana gritando: "George, ¡estoy aquí en el tejado del bloque de al lado! ¡He visto a Sunny!"

George salió apresuradamente a la terraza y miró hacia su derecha, de donde provenían los gritos. Vio a Montana caminando por el tejado mojado aún por la lluvia, avanzando medio agachada cerca de la cornisa. "George, ¡Sunny estaba aquí, lo he visto!", "¡Sunny, ven con mamá!"

Preocupado, George gritó: "¡Montana, regresa! ¡No veo a Sunny, esto es peligroso!"

Montana se giró hacia él de nuevo, y en aquel momento, el pie izquierdo le resbaló y perdió el equilibrio. Cayó al tejado y fue rodando hacia la cornisa, donde se precipitó al vacío. Un grito desgarrador de Montana resonó en el aire, seguido por el estremecedor ruido del impacto de su cuerpo en el suelo.

George se acercó rápidamente al límite de la terraza y miró hacia abajo, con el corazón latiendo desbocado en su pecho.

Vio abajo, en una terraza de la planta baja, el cuerpo de Montana en el suelo, inmóvil, un charco de sangre se expandía lentamente. Se quedó petrificado, incapaz de creer lo que veía, y gritó con desesperación: "¡No!", poniéndose las manos en la cabeza.

Inmediatamente, escuchó un grito proveniente de la terraza donde había caído el cuerpo de Montana. George observó cómo una mujer le miraba desde abajo, sus ojos se encontraron brevemente en un silencio cargado de angustia. George, con lágrimas en los ojos y las manos en la cabeza, se arrodilló, escondiéndose detrás del murete de la terraza, hablando para sí mismo: "No puede ser, esto no puede ser real".

Pasaron unos segundos, que parecieron una eternidad, con los ojos llenos de lágrimas por la inmensa tragedia que acababa de presenciar. Finalmente, se levantó y, con la mirada casi perdida hacia abajo, vio al "Buda naranja" en su terraza, observando imperturbable lo que había sucedido. George intercambió una mirada cargada de odio con aquel hombre; este último no mostraba ni un ápice de sorpresa por la fatal caída.

El vecino se dio media vuelta y regresó al interior de su habitación, cerrando la puerta tras él. George no podía dar crédito a aquella actitud tan fría y carente de empatía. En ese mismo instante, la tormenta, que había sido testigo de la tragedia, daba paso a un arcoíris distante en el cielo.

Un dolor punzante le atravesó las dos sienes, y una ola de rabia creció en su interior, dirigida hacia aquel hombre de naranja, quien parecía haber presagiado en su dibujo y tal vez deseado la tragedia que acababa de ocurrir. George se dirigió con determinación a la cocina y agarró el cuchillo más grande que encontró.

Sin cerrar la puerta detrás de él, salió apresuradamente de su piso y descendió las escaleras velozmente. En el vestíbulo de entrada, se encontró con un vecino del edificio que lo miró con asombro y mucha inquietud al verlo empuñando el enorme cuchillo, con una expresión de ira en el rostro.

George salió a la calle y avanzó rápidamente hacia el parque. Una pareja que paseaba por allí se quedó atónita al verlo con el cuchillo. Las sirenas de los servicios de emergencia comenzaron a sonar en la distancia, alertados por la vecina de la terraza donde yacía el cuerpo de Montana.

Llegó a las escaleras de acero y descendió precipitadamente por los peldaños metálicos. En el último rellano, cuando le faltaba solo una decena de peldaños para llegar al final de las escaleras, escuchó un graznido cercano a su derecha. Sobresaltado, giró bruscamente para mirar, pero la escalera metálica estaba resbaladiza por la lluvia y perdió el equilibrio.

Se precipitó por los peldaños metálicos, dejando caer el cuchillo. El sonido metálico del cuchillo, al impactar en los peldaños, resonó en el aire mientras George rodaba por la escalera, incapaz de detenerse. Finalmente, alcanzó el suelo de la acera de la calle y se detuvo, yaciendo inconsciente sobre el frío y húmedo pavimento de la acera.

En su mente, desfiló un carrusel de imágenes: Montana en el suelo de la terraza, la sangre esparciéndose, la mirada gélida del "Buda naranja", el siniestro dibujo en la habitación, la mano de su vecina Briony sosteniendo el amuleto, los dibujos de su gato Sunny y la urraca, la urraca con el collar de su mascota.

Mientras yacía en el suelo, cerca de él aterrizó la urraca. Dio unos graciosos saltos en el suelo y recogió el colgante con su pico, el amuleto había salido del bolsillo del polo de George en la caída. Después de coger el colgante, alzó el vuelo remontando la escalera, hasta posarse en un árbol del parque.

Después de unos minutos, George empezó a recobrar la conciencia lentamente, aunque se sentía aturdido por la fuerte caída. Pronto percibió el olor a humedad en el ambiente. Al mirar hacia arriba, vio a un hombre vestido con su uniforme azul y su gorra de policía. Las palabras del agente sonaban como un eco distante en su cabeza: "Señor, no se mueva. La ambulancia no tardará".

En la distancia, una voz femenina empezó a hablar por la radio: "Central, aquí unidad 605. Tenemos un posible 10-53. Al sospechoso lo hemos encontrado en el suelo, al pie de las escaleras del parque del noroeste. Está consciente, pero parece haber sufrido una conmoción debido a una caída. Necesitamos asistencia médica para evaluar su estado. Hemos hallado el cuchillo con el que ha sido visto, en el suelo cerca de él. Notifíquelo a la brigada de homicidios".

Desde la central, una voz masculina respondió, precedida por un breve pitido en la radio: "Unidad 605, recibido. Confirmamos el informe de un posible 10-53. La víctima parece ser que es una mujer hallada en un edificio cercano, donde se han desplazado la unidad 609 y los servicios médicos. Hemos alertado a la brigada de homicidios para que se dirijan a sus posiciones. Manténgase en el lugar hasta su llegada. La unidad 602 se dirige hacia su posición para custodiar al sospechoso por si fuera necesario el traslado al hospital".

La urraca, entre el estruendo de las sirenas y las luces estroboscópicas parpadeantes de los vehículos de emergencia, alzó el vuelo desde su atalaya, portando en su pico el colgante celta. Descendió grácilmente y se posó en el murete de una terraza cercana. Con un movimiento deliberado, dejó el amuleto de metal en la piedra gris que coronaba el murete y emitió un graznido.

Pasaron unos pocos segundos, y la puerta corredera de vidrio que daba a la terraza se abrió, revelando la figura frágil de una mujer anciana. Era Briony Morrigan, con su vestido verde ondeando al viento y su melena plateada despeinada, avanzó lentamente hacia donde estaba posada la urraca. De repente, el córvido, con sus colores antagónicos, blanco y negro, como los del yin y el yang, alzó el vuelo emitiendo un nuevo graznido, como si se estuviera despidiendo de la anciana.

Briony recogió el amuleto de metal con una expresión reflexiva y lo miró durante unos instantes. Luego, con serenidad, lo guardó en el bolsillo de su vestido, donde los símbolos celtas bordados en oro parecían cobrar vida propia bajo la luz del atardecer.

Sus ojos grises se perdieron en sus pensamientos como si estuviera visualizando la tragedia que acababa de acontecer. Como si lo que había sucedido no fuera con ella, cosa que era más bien al contrario. El mal formaba parte de su esencia, una fuerza incontrolable que la impulsaba a actuar. Actuar en este mundo; un mundo que había cambiado tanto, demasiado, para su pesar.

Habían pasado ya tantos siglos desde su aparición. Nació gracias a la imaginación de los hombres y mujeres que la conformaron, a ella y a tantos otros seres mitológicos. Creados con lo más brillante y lo más miserable de la humanidad. Con el bien y el mal como colores básicos de una paleta con infinidad de tonalidades.

¿Era quizás la añoranza de aquellos gloriosos tiempos ancestrales, antes de caer casi por completo en el olvido de los hombres, lo que la empujaba a actuar en contra de aquellos que no se lo merecían? ¿O era la envidia suscitada en ver el amor entre aquella joven pareja? ¿Quién podía saber lo que pasaba por la mente de la diosa celta Morrigan? Con una mirada llena de nostalgia fijada en la puesta de sol, sus pensamientos se desvanecieron en el ocaso de aquel cálido día de verano.

Morrigan es la diosa de la vida y la muerte, del amor y la guerra. Ella es la fuerza de la naturaleza, la energía que da forma al mundo.

Balor, hijo del dios Lugh, líder de los gigantes Fomorii, señor de la muerte, el que trae la destrucción.

MITOLOGÍA CELTA

Estimado/a lector/a:

Gracias por llegar al final de mi libro. Si lo disfrutaste, ¿te animarías a dejar una reseña en Amazon o en otros sitios, y recomendarlo a otros lectores?

Tus comentarios como te he comentado en el prólogo, son clave para ayudarme a seguir creando más historias como esta.

Te agradezco de antemano tu tiempo y soporte.

J. F. RHODEHOUSE